句集

短篇の恋

藤田銀子

朔出版

序

西村和子

初 仕 事 ペ ン 一 本 の 矜 恃 も て

開巻一句目、ペン一本で仕事をしているという矜恃に出会う。その種類はなんであれ、ペンから生み出す言葉が仕事であるという誇りはなんと潔いことだろう。まして一年の始まりの仕事であれば一層の緊張感がペン先に集中する。

蟻 地 獄 引 き 込 ま れ た き 時 の あ り
義 賊 な ら 忍 び 入 り た き 薔 薇 屋 敷
答 案 の 余 白 に 悲 鳴 年 詰 ま る

初めから思い切りのよいスカッとした句を作る人だと思った。藤田銀子さんが俳句に出会ったのは四十代に差し掛かった頃、一人娘さんが中学に入学した時だった。初心者教室の句会で、

焼 林 檎 娘 の 機 嫌 と る で も な く
娘 十 五 芍 薬 の 芽 の ぐ ん ぐ ん と
ゼリー崩しつつ今日学校でありしこと

などの俳句を目にした時、子育ての幸福な時代を過ごしていることが手に取るようにわかった。

その娘さんが高校卒業の折の作に注目した。

満 場 の 黙 受 け 止 め よ 卒 業 子

言葉ではなく沈黙の重みを受け止めることを期待できる年齢になったことが語られている。「満場の黙」のうちにいかに粛然とした思いが込められているか。声にしない期待が、夢が溢れているか。この日のこの場の静粛を忘れないでほしいという願いが伝わってくる。誰もいない静けさではなく、満場の人々の言葉にならぬ思いこそが眼目の句だ。

その後、子育ての句は変化する。

正 解 の 欲 し き 十 代 ソ ー ダ 水

繊 細 に 生 き る な 死 ぬ な 憂 国 忌

肉 じ ゃ が の 人 参 よ け て 成 人 す

新 し き 鎧 ま と ひ て 卒 業 す

子どもの成長とともに母親も成長せざるを得ない。十代の少女は性急に答えを求めてくる。しかし人生の問題に関わることはたとえ親でも正解を与えてやることができない場合もある。

創作者としては繊細に生きたい。詩人としては夭折に憧れる。しかし母親の立場になってみれば我が子に「繊細に生きるな死ぬな」と言いたくなる。憂国忌は三島由紀夫の忌日だが、あの事件を思い返す時、若き人々の親たちの心に添わざるを得ないのが世の母親の本音である。

幼な子の頃は好き嫌いをしてはいけません、と言えた母親も、成人を迎えた娘の好悪には口出しできなくなる。人参入りの肉じゃがを食卓に載せても、娘は黙ってそれをよけて食べない。

大学卒業の時か。親にも見せない顔があるのは当然の成長だ。大人の世界を知って少しは変わるかと親としては期待するところだが、「新しき鎧まとひて」と感じた。

これらの作品は子育ての難しさ、親としての戸惑いなどが読み取れるばかりでなく、我が子の成長とともに俳句の成長も読み取ることができる。

鎌倉や虚子の余寒といふはこれ

ごく初期の作品である。長年鎌倉に住んでいる作者だが、俳句と出会ったことで改めて我が町を認識し直した句と読んだ。この句は言うまでもなく、

鎌倉を驚かしたる余寒あり　　高濱虚子

の作品を踏まえている。鎌倉の寺や家に梅の花が満開になった頃でも、急に真冬を思わせるような寒さを覚えることがある。三方を山に囲まれ海を控えて温暖な気候で知られる鎌倉。その鎌倉を驚かしたとは、人々ばかりでなく草木虫魚も驚かしたような感じがして印象的な作品だ。

鎌倉に住んで何度かそんな経験をしたに違いないが、「虚子の余寒」として実感したのは初心者らしい初々しさがある。

振り向きて紫陽花青し海青し

総門にまで磯の香の十夜寺

谷戸越えて稲架の形の変はりたる

月の出の少し待たるる谷戸棲まひ

谷戸の日を恵みと思ふ冬至かな

鎌倉住まいが作品にゆたかな発見を与えている。

清方が描けば頬被りも美人

これも鎌倉の鏑木清方記念美術館での作である。絵画というすでに完成された芸術を俳句に詠むのは、とかく説明や解説になりがちで難しい。しかしこの句はその弊を脱している。

「頬被」という季語は寒い季節に外で働く時、夜道を行く時などに手拭いで頭から頬にかけてつつむこと。どちらかというとむさ苦しい感じなのだが、美人画の名手鏑木清方が描くと、頬被りをしていてさえ美人だという讃嘆。顔を隠す役割もするわけで人目を憚る美女の妖しさまで感じ取れる。

頬被りと言えばこんな句もある。

頬被りして花道に適ひたる

「花道」に適っているというのだから、千両役者が花道に登場した場面だろう。さしずめ「三人吉三巴白浪」の本郷火の見櫓の場などが思い浮かぶ。お坊吉三が雪景色の中で人目を忍ぶやつし姿でお嬢吉三に会いに来る。頬被りをしているが花道にふさわしい色男の姿である。

顔見世や四十七度柝の入りて
浅葱幕落としたるかに春来たる
怨霊を待ってましたと夏芝居

芝居好きの作者ならではの作品には東京人の美意識が垣間見られる。

三伏や庭師小鉤をきっちりと
美学とは無駄多きこと秋闌くる
寒紅や悪妻の名も冥加なる
白波の雄々しく梅雨の明けにけり
隠しより新札熊手選りながら
書を曝す父の旧悪あばくごと

昨今の世界情勢を踏まえた作もある。

人間に信じる力神の留守

新型のウイルスが世界中に跋扈し、特効薬やワクチンの開発が急がれている中、今の私たちになにができるだろう。突き詰めて考えた結果、神仏に祈るしかない人間のはかない存在に思い至ったのだ。

「神の留守」という季語はかなり象徴的に用いられている。神社で手を合わせても神は出雲に旅立っている。あるいは神の存在さえ疑っているのかもしれない。「人間に」と一般的に表現していることが全世界の人間存在を表していよう。祈る対象の神は宗教によって異なるが、祈れば通じるという信じる力あってこそ、明日への希望が湧いてくる。

そうした強さに支えられた句として、

嘘くさきしやぼん玉好きと言ふ女

卒業の校門二度と振り向かず

一盞を交さずとても年忘

ほんたうは何売りたいか風船売
詩心は奇禍に呑まれず今朝の春
目に見えぬゆゑに恐ろし鬼やらひ

などがあげられる。

蝶生る愛さるること疑はず

「蝶よ花よ」という言葉があるように、慈しみ愛して育てる代表的なものが蝶である。この句の場合、季語の象徴性ということを意識して味わいたい。誰もが生まれた時は親に愛されることを信じて疑わずにこの世に出現する。しかしながら様々な事情によって、誰もが幸福な生い立ちを保証されているわけではない。

蛹から羽化した蝶を目の当たりにすると、気味悪い虫がこんなにも美しく変身することに感動を覚えるものだ。自然界の新たな命の誕生について思いを巡らしてできた句だろう。

こうした本質に迫る句が詠めるようになったのは、写生を怠らなかった証である。

近づきてみても儚き冬桜
寿福寺に井を汲む音の三日かな
銀杏散る匂ひ母校の匂ひなり
競はないことが大切チューリップ
大仏の螺髪もそよぐ立夏かな

初心の頃から目に留まったものに足を止め、観察力と洞察力をもって本質に迫ろうとする意欲が見られる。

倫敦より明治は遠し漱石忌

この句は言うまでもなく、

降る雪や明治は遠くなりにけり　中村草田男

の作を下敷きにしている。漱石忌にあたって明治という時代の遥かさを令和の時代に実感した。漱石が明治時代に留学した倫敦は今や日本人にとって近い存在になった。距離の問題ではない。海外旅行やニュースによって遠い存在ではなくなったように思える。この時代感覚の変化を、こんなにもすっきり表すことは存外難しいものだ。「漱石忌」という季語が大いに語っている。

作者は現在五十代後半。還暦を前にして今までの作品をまとめたことは大いに意義がある。俳句作者としての母親としての成長はこの句集からみてとることができるが、人生の深まりや俳句作家としての成長はこれからだろう。

共に句作を重ねて見守ってゆきたい。

令和四年　初秋

短篇の恋　目次

形式は　黄金《こがね》の器であれ！
その中へこそ　ひとは黄金の内容をそそぎ込む。

――『シュトルム詩集』（藤原定訳）より

句集　短篇の恋

Ⅰ 芍薬の芽

二〇〇八年〜二〇一三年

八十二句

初仕事ペン一本の矜恃もて

殺し場も夢心地なり初芝居

合格のメールの文字よ寒明くる

鎌倉や虚子の余寒といふはこれ

春の雨笑顔の少し大人びて
卒業の空どこまでも広ごれる

桜散るほどには潔くなれず
藤の花手踊りのごと揺るるなり

講評の容赦もなけれ春嵐

天道虫白シャツが好きシーツ好き

振り向きて紫陽花青し海青し

辺つ波に挑みかかれる荒神輿

はぐらかし損ねて扇子開きけり

立葵かつて住まひし町に来て

蟻地獄引き込まれたき時のあり

静まりて一塁側の夏終る

最後までエースは泣かず夏終る

人生のいつまで半ば花野行く

伊豆の山近くに見ゆる九月かな

踏切を待つ人ひとり白木槿

吊し柿まどろむやうな午後三時

調弦の音ばかりして秋の暮

焼林檎娘の機嫌とるでもなく

総門にまで磯の香の十夜寺

冬の雨雑木林を染め変へて
近づきてみても儚き冬桜

顔見世や四十七度柝の入りて

江戸つ子の虚勢いかにも都鳥

百円に負けておくよと冬菜売

君とゐたベンチに今日は冬の猫

門前を警備しつつも御慶かな

子役いま若武者となり初芝居

舟長の浜に銭撒く二日かな

乙女らの笑顔も目当て初戎

杉玉の一つさやけし雁木道

蔵元の主は女細雪

御座所てふ座敷は簡素梅ふふむ

見上ぐれど見廻したれど梅一輪

踏まるるを知りつつ咲くか犬ふぐり

娘十五芍薬の芽のぐんぐんと

哲人は濡れ縁が好き花馬酔木

花冷や敢へて語らぬ父のこと

劣情と詩情なひまぜ啄木忌

藤の昼ふと長唄のひと節を

競漕や少年急に大人顔

ずぶ濡れが勲章レガッタ果てにけり

昔日の寺格揺るがずあやめ咲く

竹落葉にはかに心騒ぎけり

高慢なまでに深紅の薔薇大輪

義賊なら忍び入りたき薔薇屋敷

青梅や薨去御年二十八

揺るぎなき松を揺るがす青嵐

梅雨寒や史実に残る名の若し

ゼリー崩しつつ学校でありしこと

初蟬やまづ調弦をするごとく

瑕瑾なき一輪湖心紅蓮

三伏や庭師小鉤をきつちりと

飲み足らぬ顔残りたる神輿の夜

色褪せしメニュー見上げて汗拭ひ
汗拭ひてはならじ応援団長は

噺家の手ぶらで歩くカンカン帽

柏槙の古木の裂けし暑さかな

蟬時雨坂上がりても生家なく

金魚屋の残りたる路地円朝忌

唐突に秋やり残したる何か

糸瓜忌や東京の空狭からず

爽やかや十字架小さく大病院

小鳥来て我が屈託に踏み込まず

鎌倉の山さへ高く見ゆる秋

秋灯祖父の口ぶり真似て読む

法難をいくたび逃れちちろ虫

谷戸越えて稲架の形の変はりたる

進路予備調査書睨み青蜜柑

毛づくろひできぬ子猿も冬に入る

散紅葉枯るるを潔しとせず
朴落葉埋蔵金のありさうな

よどみなく縁起言ひ立て十夜僧

黒服のホストも納め熊手かな

頬被りして花道に適ひたる

矢大臣むつつりと待つ煤払

靴脱ぎて入る教会の寒さかな

答案の余白に悲鳴年詰まる

Ⅱ

詩人の墓

二〇一四年～二〇一六年

九十四句

漁始海境目がけ銭こ撒き

邪気といふものまだ知らず福寿草

浅葱幕落としたるかに春来たる

跳ぶはねる見よ金縷梅のはしやぎぶり

哲人の墓所に衆愚の梅見かな

アパートの築年不明沈丁花

嘴も尻も光りて春の鴨

春禽の息も継がずに語りけり

嘘くさきしやぼん玉好きと言ふ女

長女 朔、高校卒業

満場の黙受け止めよ卒業子

江の島のかすめば不意に旅心
うららかや文人の碑になんとやら

サークルの名前不可思議キャンパス春

のどけしや寝ぐせのままに学食へ

初夏の新大陸へ帆を展べよ

大木を抱き五月の声を聴く

酔ひどれの詩人の墓も聖五月

遺されし手蹟鋭き薔薇館

正解の欲しき十代ソーダ水

卯の花腐し初稿はいつも意に満たず

北国の日はまだ高し麦の秋

脱稿を祝し地魚生ビール

抜襟の女のごとき花菖蒲

炎昼や待たする女待つ男

浮輪積む店先掠め路線バス

夕立来て立読みのつい小半時

迎火や待つてゐたかと祖父の声

子どもらは無邪気に婀娜な踊唄

月の出の少し待たるる谷戸棲まひ

さかづきを替へ酌み直す夜長かな

曼珠沙華魂の抜けたる枯れつぷり

芋茎煮る彼女の日本語よどみなく

秋日和暖簾破れても客絶えず

文豪の旧宅近し走り蕎麦

断腸亭漫歩の道も暮の秋

檸檬苦し夭折もはや憧れず

なにやらのお練りもありて菊日和

篁の騒きに秋を惜しみけり

神無月子はベルリンの壁知らず

冬帝を大桟橋に迎へけり

どこにでも石蕗咲いて人寄せつけず
供華もなく山茶花の白散るばかり

繊細に生きるな死ぬな憂国忌

谷戸の日を恵みと思ふ冬至かな

清方が描けば頬被りも美人

歳晩やいつもは寄らぬ乾物屋

洩れ聞こえくるは讃美歌枇杷の花

クリスマスドイツ暮らしに慣れし頃

オペラ座を出でてホワイトクリスマス

それぞれの聖夜移民の多き街

寿福寺に井を汲む音の三日かな

薺粥父の嫌ひなものばかり

誰彼の消息問ふも女正月

吉野窓ひとつが景色冬座敷

地酒酌む頃ふたたびの小雪かな

校了へて麻布十番日脚伸ぶ

悪童の作戦会議犬ふぐり

長靴の好きな二歳児水温む

ゆくりなく朝夷奈に聴く初音かな

春菊や丈夫に育つこと大事

すれ違ふ猫も鼻歌春の宵

小悪党見逃してやる朧かな

猫の子にぽつり家出をしようかと
苺食べつつ短篇の恋はじまる

天平の甍清めし緑雨かな

花石榴かつて女帝の離宮とや

木造の駅より夏の水平線

向日葵や庶民派にして大女優

怨霊を待つてましたと夏芝居

寝そべりて大河小説蟬時雨

龍王の慈悲か瞋恚か夕立来る

夕立や龍王の怒気いかばかり

待ち合はす終着駅の大西日

迫りくる伊予の天守の炎ゆるかに

水軍の島に降り立ち涼新た

天の川さらさら吉野杉さやか

つまべにや仲居に問へば津軽の出

つまべにや女郎屋あらばこの辺り

桔梗の咲けばたちまち中年増
旨いとも好きとも言はず衣被

借住まひして啄木鳥を迎へけり

霧込めし路地も湯宿が軒つらね

帰るさの狭霧いつしか雨もよひ
身に入むや暮坂峠なほ遠く

傘閉ぢてしばし濡るるも紅葉狩

銀杏散る匂ひ母校の匂ひなり

金風に磨きあげられ武相荘
洒落者の庭や秋草あるがまま

もう刻を刻まぬ時計秋深し

美学とは無駄多きこと秋闌くる

ぼろ市にぼろは買はねど無駄遣ひ
灯のともる頃ぼろ市の真骨頂

鮪鍋老いても辰巳芸者なる

虚子の句を掲げ暦の果てにけり

Ⅲ　五月の窓

二〇一七年〜二〇一九年

九十六句

柝の入りて正気に返る初芝居

初大師達磨買ひ筆買ひ忘れ

乗り継ぎのドバイ砂色初景色
革コート着て音楽の都へと

ウィーン　七句

吹き降りの雪分け入ってトラムの灯

雪降り積む法王像の掌

立春の手風琴よりシュトラウス

立春の露店バカラもマイセンも

春宵や酒手はづめばもう一曲

春宵の酒場に花を売るをとこ

独逸語のウィーン訛り囀れる
怖るるといふこと知らず揚雲雀

抗ひし日々を置き去り卒業す

卒業の校門二度と振り向かず

荒物屋際物問屋町うらら
かげろふや富士の神威の揺るぎなく

先師の忌過ぎ初夏の魚籃坂

大銀杏青葉追懐甘からず

紫陽花にいささか倦んで海の青
眼裏に流螢とどめ酌み交す

薄墨の涼し鳥獣戯画展べて

暮れなづむ御所突つ切つて祭鱧

渡船場のあれば日覆なんでも屋

潮焼の双肩競ふ十七歳

虫時雨草津音楽祭佳境

ヴェルレーヌ詩集背表紙秋の色

西鶴忌出合ひ頭といふ恋も

宿無しがいつか宿六西鶴忌

日曜の父は下駄履き蓮は実に

敗蓮の向かうに祖父の鳥打帽

林檎売国際列車始発駅

英国の詩人好みの林檎かな

映画観るはずがベンチの小六月

十夜寺横切るサーフボードかな

喧嘩売るやうにものの売る市師走

一盞を交さずとても年忘

初富士や虚子の御墓所の背山より

寒月に魅入られて父逝きにけり

寒紅や悪妻の名も冥加なる

偏屈で胃弱で右党懐手

鎌倉の小さき寺より梅咲きぬ

涅槃図や衆生の歔《きよ》欷《き》の生き生きと

様子よき枝より枝へ囀れる

水底の色浜に展べ干若布

かつぎ屋の行李野菜と草団子

競はないことが大切チューリップ

春の風邪銀座に伊達の薄着して
気の利いた嘘聞かせてよ春の宵

落花浴ぶ恋失ひし日のやうに
飲む打つに飽き丹精の牡丹とや

大潮や卯月の波のまつたひら

草笛の男の子は翼隠し持つ

天井を眺むるも贅夏座敷

ほとゝぎす月なき夜の闇を掘り

白波の雄々しく梅雨の明けにけり

土用入上野の風は怒気孕み

曼珠沙華ご不浄によく日の当たり

蜻蛉の乱舞いくさの跡もなく

名月に誑かされて途中下車

冷まじや巴里ネコ女戦争画

魚屋は潰れ鯛焼屋健在

気分爽快三浦大根ぶつた切り

肉じゃがの人参よけて成人す

凍星を探す心はがらんどう

倫敦の空に似たる日漱石忌

禅林に冬あたたかといふ冥利

虚子眠る山の音聞く三日かな

一音を選りて磨きて初句会

鶯や谷戸の日の出の早まりぬ

門前の鹿尾菜まよはず買ひにけり

追善のひと幕はねて春の雪

新しき鎧まとひて卒業す

しやぼん玉はじけ大人の貌となる

ほんたうは何売りたいか風船売

散りぎはを雨に愛づるも桜狩

特急にして単線といふのどか

春日差鮮烈スニーカー純白

相模野の真ん中目がけ落雲雀

原書講読五月の窓に背を向けて
篁のかくも明るき卯月かな

豪奢にはあらねど旅の夏料理

みんみんの加はり今朝の不協和音

天守への道呪はしき油照

炎昼の東京タワー仁王立ち

朝顔のくれなゐ淡く佃煮屋

隣家より無伴奏チェロ星月夜

駅舎のみ変はらない街秋夕焼

蔦這はせなにを売る店とも知れず

売り買ひの翁ばかりの菊日和

桜紅葉いまはの色を雨に磨ぎ

黄落の上野まるごと印象派

珈琲を覚えし街に秋惜しむ

立冬の船の鼓動を足裏より

あの頃はフランス映画落葉踏む

隠しより新札熊手選りながら

船笛を耳朶に残して納め句座

Ⅳ　父の下駄

二〇二〇年～二〇二二年

七十二句

筆を執るまでの逡巡初硯

古色よき天狗の面初神楽

集ひしは善人ばかり福詣

梅が香や道迷ひても違へても

神々の祝祭図より春の風

あたたかや畑の主は子供会

並ぶればなんでも馳走花筵

佃煮を買うて花見に戻りけり

初虹やずぶ濡れのまま立ち尽し

大仏の螺髪もそよぐ立夏かな

鯉幟生き生き幼稚園休園
岩肌に水を匂はせすひかづら

夏料理海の匂ひに始まりぬ

たてがみのあらば駆けたき夏の浜

立ち呑みの開店三時立葵

書を曝す父の旧悪あばくごと

朗々たり綽々たり夏鶯は

真清水を掬《むす》び靴紐あらたむる

不忍池を涼しく父の下駄

八月を父は語らず逝きにけり

よろづ屋に払ふ舟賃鳳仙花

こひねがふ心忘れじ天の川

雨脚とせめぎ合ふなり秋の蟬

辻説法跡へ千草の寺を抜け

恋に落つ秋蝶余命知らぬまま

西鶴忌突つ転ばしの男振り

うそ寒や形見の天眼鏡新品

人間に信じる力神の留守

石蕗咲いて日溜まりひとつ増えにけり

馬を飼ひ葱を育てて農学部

詩心は奇禍に呑まれず今朝の春

探梅の朝夷奈峠風尖り

日脚伸ぶ麻布に豆屋煎餅屋

目に見えぬゆゑに恐ろし鬼やらひ

かたくりの花より生るる小指姫

余寒なほ迷ひ込みたるユダヤ街

ヴィーナスの誕生を待つ春の海

水温むだんだん悪さしたくなる

蝶生る愛さるること疑はず

畳目を数へるやうに春の蠅

帰りきて飲み直す花月夜かな

花吹雪巷間の音かつさらひ

柄杓よりこぼるる光甘茶仏

春雨のほかは花街の名残なく

表札に墨書の雅号花楓

学生よ迷へよ若葉風の中

月影の谷戸と言ひ倣し金銀花
入相の雨に誘はれほとゝぎす

雨乞ふか日を恋ひたるか半夏生

青梅を降らせお寺の幼稚園

鯉欠伸亀甲羅干梅雨晴間

梅雨晴間雀のつつく猫の餌

ＡＩが鐘撞く寺の蟻地獄

うさんくさいものの輝かせ夜店の灯

波音は叙事詩クレタの星涼し

蜩の鳴けば時空を遡り

ちちろ鳴きやまず音なき雨止まず

浜小屋のブリキの盥ねこじやらし

名月の雲に隠るる謀反の夜

十六夜や侯爵邸の森黝く

残されし文士の寓居草の花

誰ぞ天下りきたるか芒揺れ

なほざりの日々を省み障子貼る

谷戸に棲む都合不都合木の実降る

谷戸に棲む落葉に間借りするごとく
凩のいつしか海の底の音

倫敦より明治は遠し漱石忌

寒林や眠りしものの声なき声

寒き夜や鎌倉なべて早仕舞

息白く俥曳けども客をらず

寒菊や無頼派とうに死語となり

闊歩するための大路や春来たる

短篇の恋　畢

あとがき

俳句とは詩である。否、俳句に限らず活字に残す私の言葉は、できることならばすべて詩であってほしい。

中学生の頃から一体どれだけの詩を散文を書き散らしてきただろう。誰のためにでもない、ただ書きたいだけ。十代は書く行為で生きている実感を得ていたようにすら思う。死んでしまったら。そう、死んだら書けなくなるではないか。そう自らを奮い立たせては未成熟な日々をやり過ごしていた。

詩や散文の稿を投じたことも一度ならずある。だが当時の私には、他者の共感を得たいという欲求が決定的に欠如していたらしい。私が欲したのは社会的な承認ではなく、ただ私自身が美しいと思う言葉そのものだったのだから。

さすがに成人してからはそれなりの社会性を習得したが、その分詩歌に対する本来の欲求は宙に浮いたままとなった。

そんな私を実に軽やかにかつ粘り強く俳句に誘って下さったのは、夫の恩師である「知音」同人の本宿伶子さんだった。思えば娘が生まれた翌年、「知音」が創刊された時点から折に触れ、お声をかけていただいていた。その娘が中学に入学した年、「腹を括って」句座という新たな社会に足を踏み入れた。おそらくは他者と伝え合うという言葉の本質に、ようやく思い至ったのだろう。和子先生の初心者教室の一員となったのは、四十を少し過ぎた六月のことだった。

表題「短篇の恋」は今回収録した句の文言からとった。壮大な長編小説は書けなかったがしかし、どんな長編にも劣らないだけの、言葉に対する恋慕は俳句でも示せるのだという自負を込めたつもりである。この思いが少しでも伝われば幸甚である。

上梓にあたり、西村和子先生には選と序文を、行方克巳先生には帯文と推薦十句を頂戴した。心より感謝申し上げたい。また、我が娘と同じ名を社名に冠された朔出版の鈴木忍さんには大変お世話になった。ここまで支えて下さった「知音」の先輩方、仲間の皆さまにも厚く御礼を申し上げる。

二〇二二年九月

藤田銀子

著者略歴

藤田銀子（ふじた　ぎんこ）

1964 年　東京都文京区千駄木に生まれる
1988 年　慶應義塾大学文学部哲学科倫理学専攻卒業
2008 年　「知音」入会　行方克巳・西村和子両先生に師事
2015 年　「知音」同人
2017 年　知音「青炎賞」（新人賞）受賞
現在、俳人協会会員、「知音」編集同人

現住所　〒 248-0016　神奈川県鎌倉市長谷 5-4-6　斎藤方

句集　短《たん》篇《ぺん》の恋《こい》

2023年3月1日　初版発行

著　者　　藤田銀子

発行者　　鈴木　忍

発行所　　株式会社 朔《さく》出版
〒173-0021　東京都板橋区弥生町49-12-501
電話　03-5926-4386
振替　00140-0-673315
https://saku-pub.com
E-mail　info@saku-pub.com

アートディレクション　奥村靫正／TSTJ
デザイン　山田開生／TSTJ
印刷製本　日本ハイコム株式会社

ISBN978-4-908978-86-9　C0092　￥2200